AF459778

VOYAGE PHILOSOPHIQUE AU JAPON.

8° Y²

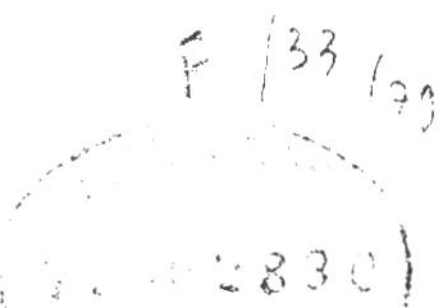

VOYAGE
PHILOSOPHIQUE
AU JAPON,
OU
CONFÉRENCES
ANGLO-FRANCO-BATAVES.

. . . . . . Ridendo dicere verum
Quid vetat? . . . .

A PRESSURE,
DANS LES JARDINS DE M. L'ÉBAHI.

1788.

A DÉMOCRITE
L'ABDÉRITAIN.
Je ne ſais où (1).

ILLUSTRE RIEUR.

HEUREUX qui vous reſſembleroit; car vous fûtes élevé par des Mages du Roi Xercès, qui vous enſeignerent la Théologie & l'Aſtrologie; vous étudiâtes en-

(1) Il est aſſez ſingulier d'écrire même à des morts, ſans mettre leur adreſſe; mais il n'y a que certains Métaphyſiciens qui la ſachent, & nous demeurons fort loin d'eux.

ſuite ſous Leucippe, qui vous apprit le ſystême des atômes & du vuide ; vous voyageâtes dans les contrées où les Lettres & les Sciences étoient les plus floriſſantes ; vous vîtes les Prêtres d'Egypte & de Chaldée, les Sages de Perse ; vous pénétrâtes jusques dans les Indes pour converser avec les Gymnosophiſtes ; enfin, vous reçûtes de votre patrie, 500 talents, & l'on vous érigea deux ſtatues pour votre grand Diaconne (1). Je vous laisse exclusivement tous ces avantages, ſentant bien la distance qui me ſépare de vous : mais je ne vous envie qu'une chose, qui est la plus grande, la plus petite, la plus commune, la plus rare, la plus ſimple, la plus difficile, la plus ſage, la plus extravagante, ſelon les divers points de vue ſous lesquels on la considere ; c'est la faculté de ne faire que rire des folies humaines, dussent mes compatriotes me

(1) Un de ſes meilleurs Ouvrages.

prendre d'abord, ainsi que vous prirent les vôtres, pour un écervelé.

Cependant il n'y auroit plus d'Hypocrate pour rétablir ma réputation, après m'avoir tâté le poulx, & je ne ſaurois pas non plus juger, comme vous, infailliblement à la ſeule inspection, quand une fille est devenue femme du jour au lendemain (1). Mais les hommes de mon ſiecle valent bien ceux de votre tems en fait de ridicule : or, s'il n'eſt rien de plus ſot que de s'en fâcher, rien de plus inutile que de les reprendre, quand on n'a pas le pouvoir de les corriger, rien de plus pénible que d'acquérir, rien de plus incertain que de bien exercer ce pouvoir; il n'est donc rien de mieux pour l'ame & pour le corps que de rire de tout ce qui est risible, ſauf à tâcher, en riant, d'instruire quelquefois.

---

(1) Voyez la vie de Démocrite ſur ces deux traits, d'où l'on peut inférer que le Prince des Médecins ne voyageoit pas ſans avoir une fille avec lui.

Dieu m'en fasse la grace, comme vous l'eûtes, grand Démocrite, & qu'il lui plaise de me conduire en paix jusqu'au terme de 109 ans, comme vous vécûtes.

AINSI SOIT-IL.

VOYAGE PHILOSOPHIQUE AU JAPON, OU CONFÉRENCES ANGLO-FRANCO-BATAVES.

LA CONFÉRENCE.

Tous les hommes fe reffemblent, dit un jour l'Anglois Thincker, caufant de morale après le dîner avec M. Wurtzheim, hollandois, & M. l'Ebahi, françois, dans le beau fallon doré de fon château de Preffure, où il recevoit très-bonne compagnie, parce que riche (1) & gourmand il avoit une fort bonne table.

Ah! quel paradoxe! s'écria l'Ebahi, qui parloit de tout & s'étonnoit fouvent d'apprendre du nouveau; grand Dieu! comment les Chinois, qui ont de fi petits yeux & le nez plat, à ce que j'ai entendu dire, les Lapons qui font velus & hauts comme ma canne, les Négres qui font noirs, & les Caraïbes qui font rouges, &c. car j'en pourrois citer bien d'autres, comment tous ces gens-là nous ressemblent?

Aux formes près, dit Thincker.

Cela est bien certain, ajouta Wurtzheim.

L'EBAHI.

Comment, Messieurs; d'abord, qu'entendez-vous par vos formes, car c'est un mot présentement devenu fort à la mode dans le monde, & moi je ne m'en fuis jamais fervi qu'en parlant à mon Chapelier.

THINCKER.

Monsieur, nous ne fuivons pas ici la mode, car un petit maître ou une coquette ne voudroit dire, par les formes, que la

---

(1) M. l'Ebahi étoit une de ces quarante anciennes colonnes de l'Etat, lesquelles ne portoient rien & pefoient beaucoup.

ſuperficie de chacun, choſe que ces ſortes de perſonnes connoiſſent à merveille. Mais nous autres nous déſignons auſſi par ce même mot les uſages locaux & les divers genres de gouvernements. Or, je ſoutiens que tout cela n'eſt que modification, & que les caracteres eſſentiels ſont les mêmes chez tous les hommes; de ſorte que, placés dans les mêmes circonſtances, ils offriront les mêmes combinaiſons morales & politiques.

L'EBAHI.

Oh! pour cela, c'eſt ce que je nie; car enfin dès qu'il eſt queſtion de philoſophie ou de politique, je crois que je m'y entends comme un autre; j'ai lu & relu la Polyſinodie (1), qui vaut cent fois mieux que cet Eſprit des Loix dont vous avez la bonté de faire cas en Angleterre. Quant à moi, je n'ai jamais pu qu'en parcourir la table des chapitres.

WURTZHEIM.

Il ſeroit fort inutile en ces cas là, Monſieur, de diſcuter à fond la propoſition de

---

(1) Ouvrage d'un Spéculateur Platonique, lequel s'appelloit l'Abbé de St. Pierre. Il avoit des viſions extatiques, comme le grand Saint dont il portoit le nom en eut ſur le Mont-Thabor & à Joppé.

M. Thincker, pour en développer les principes, parce que cela pourroit vous ennuyer; mais ſans prétendre vous rien prouver, comme j'ai un peu couru le monde, ſi quelques-unes de mes obſervations pouvoient vous amuſer, j'aurois grand plaiſir à vous en faire part.

L'EBAHI.

Ah! bon pour cela. Quand il eſt queſtion d'hiſtoire ou de voyage, j'en ſuis bien volontiers, parce que cela me divertit, pourvu qu'il y ait beaucoup d'aventures.

THINCKER.

J'aime encore mieux, pour mon uſage, les réflexions ſur les aventures, que les aventures mêmes, car rien ne convient plus à l'homme, dans l'état ſocial, que ce qui lui apprend à penſer.

L'EBAHI.

Eh! bien, Monſieur, penſez tant que vous voudrez; pour moi, je dis qu'il ne faut penſer que le moins qu'on peut pour ne pas ſe fatiguer, ſur-tout pendant la digeſtion, & cela n'empêche pas de parler de choſes & d'autres. Au ſurplus, M. Wurtzheim nous propoſe le récit de ſes voyages. Je veux voir s'il y aura quelque choſe d'amuſant; ſortons pour aller l'entendre, en nous repoſant au frais dans mes jardins.

LA PROMENADE.

On étoit alors au mois de Juin, & l'on jouissoit de tous les agrémens de la ſaiſon, dans un lieu naturellement bien ſitué, mais gâté à force d'embelliſſements dans le goût de M. l'Ebahi.

Il avoit raſſemblé les plus célebres Architectes, pour lui faire des plans du genre le plus ſingulier, car c'étoit le beau ſuivant lui. Il avoit abattu de hautes & majeſtueuſes futayes pour planter de petits arbuſtes exotiques, par petites touffes maigres & dépériſſantes, faute d'un ſol qui leur fut propre; il avoit arraché des roches diſpoſées en maſſes impoſantes & en grouppes pittoreſques pour leur ſubſtituer le tapis jaune d'un pré languiſſant malgré les arroſoirs, ſur un ſol pierreux; mais auſſi il avoit comblé une vallée riante pour élever un énorme rocher factice & bien rond devant lequel étoit plaqué le frontiſpice tout neuf d'un temple; c'étoit-là ſon chef-d'œuvre; enfin que n'avoit-il pas détruit, refait & changé pour rendre, par quelques millions de dépenſe, ſa terre un peu plus digne d'un homme comme lui.

Il ne ſortoit pas de fois qu'il ne s'extaſiât ſur ſes ouvrages. Avouez, dit-il à Thincker, que voilà un des plus beaux jardins anglois que vous ayez vus. Regardez un peu ces Chiostres, ces Temples chinois, cette Pagode indienne, ce Pavillon Turc, ce Pont Iroquois de bois d'Acajou qui mene à une tente à la Tartare. J'ai là un ameublement assez passable de damas, brodé à Lyon, & nous pourrons y être agréablement.

Je ſerai encore mieux, dit Thincker, ſous les ſombres voûtes de ce bois antique & ſolitaire que j'apperçois dans le lointain.

Comment? dit l'Ebahi, c'est la ſeule chose qui me reste à changer ici, que ce maſſif informe.

Dépêchons-nous donc d'y aller, reprit Thincker, & ſur le champ il s'avance avec Wurtzheim. L'Ebahi les ſuit à regret, ne pouvant comprendre qu'il y eût un Anglois de ſi mauvais goût.

On entre dans le bois, on enfile une allée à perte de vue, on la quitte pour s'enfoncer dans de petits ſentiers tortueux, on arrive à une ſalle champêtre couverte d'un feuillage épais. C'est ici, dit Thincker, qu'il fera bon écouter M. Wurtzheim.

A ces mots on s'assied ſur un trône de mousse, auprès d'un ruisseau murmurant, & ſous des peupliers dont les feuilles tremblantes exprimoient une ſorte de frémissement. On ſe retourne, on ſe rajuste, on ſe penche, on regarde M. Wurtzheim qui commence ainsi.

LA CONTREBANDE.

J'AI parcouru les deux mers, j'ai visité toutes les nations européennes & tous leurs établissements en Asie : des intérêts pressants m'appellerent dans l'un des plus fameux comptoirs que nous ayons dans ce continent ; mais peu ſatisfait de retrouver ſous un autre ciel quelques-unes des vertus & tous les défauts de mes compatriotes, je voulus connoître les principaux peuples asiatiques tels que ceux du royaume de Siam, de Mogol, de la Chine & du Japon..... Ah ! le Japon, dit l'Ebahi, c'est un pays d'où il nous vient de belle porcelaine, j'en ai deux ſervices complets,

& je ne ſerai pas fâché d'entendre parler des gens qui travaillent ſi bien de la terre cuite.

Vous ſerez ſatisfait, dit Wurtzheim, & je vous dirai ce que je ſais de plus intéreſſant du Japon & de ſes habitans.

Vous n'ignorez pas ſans doute que nous ſommes les ſeuls des Européens que le gouvernement Japonois admette à présent dans ſes ports. Les Portugais & autres y jouirent jadis d'un grand crédit & d'une entiere liberté ; mais les enfans d'Ignace, avec leurs Proſélites, ont été persécutés & chassés par les intrigues des Bonzes, & pour leur trop grand zele à planter la foi, en ébranlant, à ce qu'on disoit, la constitution Japonoise, jusques dans les fondements.

A peine étions-nous entrés dans le port de Nagasaki, dépendant de l'isle de Ximo, qu'une nuée de commis, d'inspecteurs, directeurs, jaugeurs & mesureurs vint entourer notre vaisseau pour y fouiller très-ſcrupuleusement & faire décharger toutes les marchandises, qui furent mises, ainsi que nous, en ſequestre, parce qu'on trouva une demi-aune de toile fine dont un bout ſortoit malheureusement par la poche d'un des passagers, & que le commerce de cette toile étoit alors très-sévérement prohibé par le gouvernement, qui la vendoit bien cher aux manufactures.

Nous fûmes en conséquence très-étroitement resserrés dans le quartier des Hollandois ; puis envoyés sous bonne garde dans les prisons de Jédo (1), où l'on prit les plus sages précautions pour notre immobilité.

Nous obtinmes néanmoins au bout de plusieurs *jours* le libre usage de nos mains, qui avoient été comprimées depuis notre détention par des bracelets fort étroits & un peu durs ; enfin après quelques mois de retraite, nous eumes successivement les fers de nos pieds un peu relâchés, de l'eau plus fraîche, du pain moins dur, la grace insigne de recevoir l'air extérieur par une petite lucarne bien haute, & enfin notre liberté, quand nous n'aspirions plus qu'à la mort.

Mais, comment, dit l'Ébahi ; est-ce qu'il y auroit au Japon des Fermiers Généraux, puisqu'on y fait si bonne police?

On croiroit, dit Thincker, que M. Wurt-

---

(1) Capitale du Japon, & ville très-vaste, très-peuplée, très-riche & très-taxée.

zheim nous rapporte là quelqu'histoire de Dunkerque ou de Péronne, villes où l'on exerce une terrible inquiſition ſur les étrangers qui ſont ſans protection. J'en ſais des exemples, pour avoir eu le bonheur de rendre quelques ſervices par mes recommandations à des malheureux, dont j'ai ſauvé la vie, mais non la dépouille, parce qu'elle est, de droit divin, dévolue au fisc, ſuivant. . . . . .

Eh! Monſieur, répliqua Wurtzheim, point d'application précipitée ; je connois des gens qui ont éprouvé à Douvre des traitements à-peu-près ſemblables, en y ajoutant néanmoins quelques gourmades distribuées avec l'énergie du caractere national (1). A cela on n'eut rien à dire : puis il reprit ſa narration.

---

(1) Comme dit M. Linguet, qui paroît en ſavoir des nouvelles, d'après un passage de ſes annal. polit.; cet écrivain ſincere a toujours montré du goût pour ces ſortes de distributions, & il s'efforce plus que jamais de les mériter par tous pays.

LES GAMBADES.

TANT de bienfaits ſurvenus pendant notre captivité étoient le fruit des généreux offices du Directeur de notre comptoir, homme adroit qui avoit beaucoup de crédit à la Cour. Après notre élargissement, il nous mena dans ſa maison, nous fit tondre, laver, vêtir & repaître. Quand nous eumes repris nos forces & la figure humaine, je me permis, après les actions de graces dues à notre libérateur, de lui demander par quel moyen il avoit pu rallentir le cours d'une justice ſi alerte. Par mon ſinge, répondit-il, & voici ce qu'il me conta ſur ce propos.

Les Princes & Princesses du Japon qui ont la toilette, le bal, la chasse, les ſpectacles, les viſites, la grande chere, & les honneurs pour passer le temps, ne ſavent pas toujours néanmoins à quoi l'employer, quand il n'est question de ſatisfaire aucun des besoins phyſiques, dans lesquels les Grands veulent bien ressembler aux autres hommes. C'est pourquoi, comme les bonnes Comédies font bâiller leurs Altesses, &

que les bonnes Tragédies les assomment, il n'y a plus que les Farces qui puissent encore les intéresser quelquefois. Les Japonois qui avoient depuis long-temps des pieces de théâtre, ne connoissoient pas ce genre de littérature gymnastique, avant l'arrivée des Européens. Ceux-ci ont tiré grand parti de leurs talents à cet égard, & depuis que nous ſommes restés les ſeuls étrangers au Japon, la Cour nous fait l'honneur de nous prendre pour ſes baladins ordinaires, avec des places, des penſions, des priviléges & des prérogatives pour ceux qui ſe distinguent, & en un mot, avec toutes ſortes de faveurs très-propres à exciter l'émulation.

J'ai été assez heureux pour avoir à mon inſçu des diſpoſitions très-conformes au goût Japonois. J'avois dès ma premiere jeunesse réſidé quelque temps en Italie, & j'assistois ſouvent par les bons offices du Maître-de-chambre à l'Opéra buffa du Pape, qui ſe jouoit dans un arriere-cabinet du Vatican, où l'on montoit par un escalier dérobé, fermé par une double porte avec des ſerrures à ſecret. Mes réminiscences me ſervirent bien, & dès mon début, je fus regardé comme un prodige. L'Empereur battit des mains quand je mis la grande perruque; il ſe tint les côtés, quand je m'enfermai dans un ſac, d'où je ſortis ſous un nouveau costume ; enfin, après la représentation, il m'envoya une lettre de fortune (1).

Les pas de danse que j'exécutai dans quelques-unes de mes bouffonneries, ou peut-être certaines attitudes, me gagnerent le cœur de pluſieurs Dames du Palais, qui me donnerent du thé impérial, du ſaki, & au bout de quelque temps, je reçus d'elles le meilleur accueil en public, mais ſur-tout dans le particulier.

La bienveillance des Grands s'achete quelquefois cher ; je dépériſsois à vue-d'œil par le ſervice ſans relâche auquel j'étois obligé. Toutefois, comme j'avançois par-là rapidement dans le chemin de la fortune, je tins bon, & de grade en grade je parvins au premier poste du comptoir, grace à la recommandation des Dames que

(1) Témoignage de protection le plus grand qu'on puisse attendre du Souverain au Japon. La cour, dans ce pays, attache tant de valeur à la jonglerie, qu'on assure qu'il y a des Ministres qui ont plus d'une fois ſuspendu leur disgrace par ce moyen; mais croira-t-on qu'il puisse s'accorder avec la ſublimité de ces MM. dans leurs audiences.

la Compagnie des Indes se feroit bien donné de garde de désobliger

Je ne sais, après tout, ce que le ciel eut ordonné de moi, si le hasard, qui est son interprete ordinaire, ne m'eût offert un secours bien précieux, dans la personne d'un grand singe, qu'un des Commis du comptoir avoit nouvellement amené.

LE SINGE.

LE Commis & son Singe avoient vu beaucoup de pays, où cet animal ingénieux avoit acquis de grands talents. Il étoit bon écuyer, bon voltigeur, bon bretteur, bon coëffeur ; j'apperçus d'un coup-d'œil jusqu'où tout cela pouvoit le pousser. Je demandai le Singe que son maître n'osa me refuser, & je m'appliquai à lui donner quelques nouveaux talents, qu'attendu les premiers, il acquit avec célérité. Je lui montrai la danse où il fit de merveilleux progrès, & me surpassant bien-tôt par ses heureuses dispositions, il en vint à battre l'entrechat à dix & à douze, s'enlevant de terre jusqu'à six pieds de hauteur, pirouettant ensuite, une jambe en l'air, assez long-temps pour fatiguer l'œil du ſpectateur, plutôt que ſon pied, qui ſembloit un pivot immobile ; enfin mon éleve m'étonnoit moi-même. Vous concevez bien que le jeu de théâtre & la pantomime lui furent encore plus faciles à ſaiſir.

Je composai, pour ſon début à la Cour, un ballet dans un grand Opéra tragique (1), où nous exécutions un pas de deux de la derniere force. J'étois le berger & mon éleve, comme un peu plus petit, faiſoit la bergere, ſous une parure toute neuve & d'un goût exquis [2]. Le jour de la premiere représentation, à peine eumes-nous franchi la ſcene, quoiqu'immense, en deux élans, qu'il partit de toutes les loges, du balcon, de l'amphithéâtre & du parterre, des applaudissements à tout rompre. Ce fut un brouhaha continuel, avec des redouble-

---

(1) Cette épithete est exacte, car on voit des opéras de ce genre.

(2) On entend ſupérieurement au Japon la décoration théatrale en tout genre. Voyez ſur cela & ſur tous les autres détails descriptifs, les diverses relations qui ſerviront de commentaires au texte, car nous n'oſerions marcher ſur les traces des Sylvius, des Scaliger, ni de tous autres géonologistes du ſens ſuperfin ; nous nous en tenons au ſens commun.

ments terribles, lorsque Cephise, dont mon éleve jouoit le rôle, avoit rendu quelques-unes des grandes difficultés.

Le ballet fini, on m'accable de compliments, d'encouragements, de questions sur la nouvelle danseuse : chacun la cherche des yeux ; on va, on revient, enfin, ne la trouvant pas, on me demande instamment à la voir ; on me fait des propositions pour elle. Je me retranchois, & je l'excusois sur la nécessité du repos après une aussi forte fatigue : mais, me dirent quelques Seigneurs, c'est grand dommage que nous ne puissions pas encore envisager de près cette admirable danseuse, car à en juger par sa taille svelte, & par son incroyable agilité, ce doit être une jolie connoissance à faire. Tout le tort que vous avez, c'est de l'avoir masquée d'un grand chapeau qui ne laissoit appercevoir qu'un peu d'incarnat, qui se détachoit délicieusement sur un fond de la blancheur du lys.

Nous pourrions encore plus nous plaindre de l'énorme fichu, ajouta un jeune homme leste & sémillant ; mais c'est une finesse de l'art que d'irriter la curiosité par les obstacles ; c'est la gaze de la pudeur

que

que le desir se plaît tant à lever : tout cela se découvrira quelque jour [1].

A ces galanteries & à mille autres je ne répondois que par des choses vagues ; je me confondois en remercîments des bontés de ces Messieurs ; enfin j'eus mille peines à me débarasser des importuns de toute espece & à retourner chez moi.

LE RENDEZ-VOUS.

A peine étois-je rentré qu'il arriva en grande hâte un courier de la part d'une des femmes de l'Empereur, de sa favorite, qui faisoit tout au Japon, & dont les moindres volontés eussent été des ordres sacrés pour tous les sujets de l'empire [2].

---

(1) Il arrive souvent de ces sortes d'illusions par l'effet du costume & de la perspective. Que de beautés ravissantes sur la scene, & même dans les coulisses, disparoissent *au fait & au prendre*, comme disoit un provincial de ma connoissance ; au demeurant il estimoit *le savoir faire.*

(2) Les critiques pourront objecter que, d'après le rapport des voyageurs, les femmes au Japon sont exclues des affaires en vertu de loix ou plutôt d'usages

Le courier me remet un billet, où je lis qu'il faut que j'aie à me rendre, fans délai, avec la nouvelle actrice, au palais impérial, dans le quartier de la Favorite, & par le chemin que m'indiquera le porteur, qui me fervira de guide & dont je ne dois point m'éloigner d'un feul pas, fous peine de mort.

J'obéis fans délai. J'emmene tristement mon éleve, à qui l'on n'avoit pas encore eu le temps d'ôter fon habit de ballet. Nous partons avec une efcorte, dans une voiture bien fermée, quoiqu'il fût nuit; nous descendons vis-à-vis une petite porte,

---

fort antiques. Nous avons l'honneur de répondre d'avance qu'en vertu du don de Dieu, qu'on nomme amabilité, les dames Japonoises exercent, comme d'autres, toute la domination qu'elles veulent, & ce ne feroit rien de moins qu'un mal, s'il n'en résultoit pas une opposition perpétuelle entre la législation & l'administration, comme il y en a une aussi entre la religion & l'esprit national. Or, l'accord de ces choses fait feul les bonnes loix, qui doivent toujours être accommodées aux conjonctures. Ouvrez aux graces les portes de la gloire, elles entreront dans fon temple, & quelle foule les y fuivra?

Si quelqu'un trouve cette note un peu longue & fastidieuse, qu'il fe fouvienne qu'elle est destinée aux critiques.

qui ſervoit de communication entre le derriere du Palais & une rue écartée ; mon guide donne un ſignal convenu ; on ouvre ; nous traversons de longs ſouterrains ; nous montons des escaliers fort obscurs ; nous passons dans d'étroits corridors, dans de petits cabinets ; enfin nous arrivons par une fausse cloison, dans un des boudoirs de la Favorite, qui nous y attendoit ſeule avec de la lumiere ; elle frappe du pied ; entrent quatre esclaves armés & d'une taille gigantesque. On me met un baillon dans la bouche, on ſediſpose à en faire autant à la Dame au grand chapeau ; elle jette un cri rauque, ſe recule & s'élance vigoureuſement ſur le corps d'un de ſes bourreaux, qu'elle déchire avec les ongles & les dents.

Par Sammonacodum (1), dit la Favorite, c'est un Saint qui a pris ces habits de femme. . . . . Ah ! quel crime j'allois commettre ſans le ſavoir. . . . . Malheureux, retirez-vous, dit-elle aux quatre eſclaves ;

---

(1) Principal Dieu du pays : il ſe nomme au Japon, Siaka, mais on l'adore à Siam ſous le nom de Sammonacodum ; d'où nous concluons que la favorite étoit Siamoise.

allez expier un ſacrilege dont je ſuis la premiere coupable. . . . .

Oh! grand Saint, ajouta-t-elle, en ſe proſternant aux pieds du Singe, pardonnez mon erreur; votre déguiſement en impoſoit à tous les yeux, & le Cubo (1), mon cher époux, méditoit en votre faveur une infidélité que j'ai voulu prévenir; j'allois vous faire périr, vous prenant pour la belle danseuse du ballet de ce ſoir.

Cet heureux dénouement m'avoit donné le pouvoir de me remettre de ma premiere frayeur; j'avois mon plan tout fait, lorsque la Favorite m'ayant ôté le baillon, je lui dis :

O Reine de la beauté, qui possédez l'abyme de delices, où vient ſe dissoudre l'ame du plus grand Roi du monde (2), tout ce que vous avez fait est bien : j'étois coupable dès que vous m'avez ſoupçonné. Il n'y a que la fortune d'injuste ; les

---

(1) C'est le Prince Laïque du Japon; car il y en a un autre Ecclésiastique nommé Daïzi : il fut jadis très-puissant, mais il n'est plus qu'*ad honores*.

(2) C'est toujours celui dans les états duquel on est, à ce que j'ai lu dans le formulaire des personnes de la cour.

Princes ne le ſont jamais, parce qu'ils ne jugent gueres ſur ce qu'ils voyent : ainſi c'est mon étoile qui a voulu que je fusse ce ſoir applaudi dans un ballet, accablé de louanges au foyer, puis arrêté ſans ſavoir pourquoi, emballé dans un cachot roulant par des familiers de l'inquiſition civile (1), mis à terre devant une porte d'allée, conduit par des casse-cols & des défilés jusques dans ce ſanctuaire de vos appas, où quatre estafiers devoient me mettre un baillon, que vos royales mains ont pris la peine de détacher. Je ne me plains de rien, mais je rends graces à ce Saint, qui est ici présent, de ce qu'il a bien voulu ſe faire reconnoître à temps pour lui & pour moi, qui allois, ſans y compter, recevoir la palme du martyre, encore trop jeune : car, outre que votre gracieuse Majesté connoît à présent mon innocence, j'avois une mission d'en haut pour procurer au Saint un accès auprès de vous ; j'ignorois parfaitement de quelle voie

(1) Cet adjectif ne peut être employé là que par contraste de nom avec l'ancienne jurisdiction du ſaint Office, car il n'y a point contraste de choses ; l'une des deux inquisitions n'est pas plus honnête que l'autre, en fait de procédés.

le ciel devoit ſe ſervir pour cela, & vous voyez combien les profondeurs de ſes décrets ſont impénétrables.

Cela est vrai, répondit la Favorite; mais puisque tout est éclairci maintenant, vous n'y perdrez rien; allez, & laissez ici ce Saint qui a pour moi tant de bienveillance; je ne peux mieux faire que de passer auprès de lui la nuit en prieres; après quoi vous reviendrez par les mêmes passages.

Je revins en effet, & je reçus ordre de remmener fort ſecrettement mon Singe, de le traiter chez moi avec tous les égards dus à ſon nouvel état, & de le conduire chez la Favorite aux heures de ſes devoirs de piété, qui ſont très-fréquents.

Cependant la nouvelle ſe répandit dans le palais & dans toute la ville de Jédo, que la belle danseuse avoit périe, victime de la jalouse Favorite. Cela vint même jusqu'aux oreilles de l'Empereur, qui bouda toute la journée & une partie de la nuit : la Favorite de ſon côté ſe tint aussi ſur la réserve; & ce ne fut qu'au lendemain matin, que le Prince, ayant donné des marques de repentir, ſe trouva trop heureux d'obtenir ſa grace, après avoir fait les plus belles promesses de constance.

Voilà, mon cher Compatriote, l'origine & la cause de mon crédit. J'en ai eu besoin pour me faire accorder votre élargissement. Car la cabale étoit forte contre vous ; toute la Finance s'étoit liguée pour vous perdre, vous & tous les passagers du Navire, à cause de l'importance de l'exemple....

Morbleu, ils ont raison nos confreres du Japon, s'écria soudain l'Ébahi, plein de zele pour les intérêts du corps ; mais de bonne foi, M. Wurtzheim, s'il y a dans votre récit des choses qui ont une certaine vraisemblance, il y en a aussi qui ne se peuvent concevoir. Je crois, Dieu me pardonne, que vous me prenez pour un de ces Sultans des Indes, à qui l'on contoit des fadaises par milliers. En effet, comment voulez-vous qu'un Singe puisse faire tout ce que vous avez dit ? J'ai bien vu de ces animaux danser sur la corde & divertir des badauds par des tours de passe-passe ; mais un Singe qui bat des entrechats à dix & à douze, qui joue un rôle de bergere dans le ballet d'un grand Opéra, qui se fait applaudir, dès qu'il se montre sur la scene, qui est courtisé par des Seigneurs, qui donne dans l'œil d'un Empereur, qui excite la jalousie de sa Favorite :

laquelle veut le faire étrangler, & finit par l'adorer : en vérité, pour un homme de sens, je ne sais pas comment vous pouvez nous débiter tout cela, à moi & à M. Thincker.

Il y a pourtant du possible, dit l'Auditeur Anglois, car on connoit des especes de Singes très-approchants de l'homme pour la taille, la démarche, & très-disposés à prendre toutes ses habitudes. Tels sont les Oranghoutangs & les Babouins. J'ai vu de ces derniers qui sont fort laids de figure, mais qui ont cependant de quoi mériter fort l'attention des dames.

Ah ! vous me rappellez effectivement, reprit l'Ebahi, que j'en ai aussi vu un qui pouvoit avoir cinq pieds de haut. C'est une espece de Singes qui montrent des dispositions fort heureuses, & dont les naturalistes disent des choses très-plaisantes (1). Mais expliquez-nous donc, M. Wurtzheim, si c'est pour cela qu'on fait de ce Singe un Saint au Japon.

---

(1) On croit que ces animaux sont les satyres qu'ont décrits les anciens. Voyez l'article de M. de Buffon, sur les Babouins, & jettez les yeux sur la figure. *O utinam !*..... s'écrioit une fois en la regardant, un Professeur de sixieme : comment toujours..... poursuivit-il en françois, & il resta tout pensif.

Je vais vous exposer par ordre tout ce que je ſais là-dessus, répondit le complaiſant Batave.

LES DÉVOTS.

La Secte de Busdo, née dans les Indes & répandue de-là ſous divers noms en pluſieurs contrées, est aujourd'hui dominante au Japon. Le fondateur de ce culte prêchoit une doctrine ſi ſublime, qu'elle en étoit impraticable, au moins telle que l'ont transmise ſes disciples, qui ſe chargerent de la recueillir, comme leurs ſucceſſeurs, de l'interpréter pour le plus utile.

Les croyants & leur postérité ne pouvoient mieux reconnoître ces ſoins, qu'en associant les disciples à la divinité du maître. On leur décerna donc les mêmes honneurs qu'à lui; on les plaça dans les mêmes temples & ſur les mêmes autels. D'ailleurs il y avoit en cela un avantage ſenſible pour les peuples : ils acquéroient des protecteurs auprès du grand Dieu dans toutes leurs entreprises, des négociateurs dans les cas difficiles, lorsque, par exemple, d'autres Dieux inférieurs ſoutenoient la cause de leurs ennemis. Enfin l'on ſe trouva ſi bien de ces apothéoses qu'ils ſe multiplierent étrangement dans la ſuite : mais il n'étoit donné de faire ainsi des Dieux qu'au Souverain Pontife, appellé Daïri, qui est un homme infaillible dans ſes jugements, quoique pas toujours impeccable dans ſes actions.

Ces Êtres déifiés, qu'on adore au Japon ſous le nom d'Eſprits immortels, ont des Pagodes grandes & petites, où l'on conserve leurs os, leurs vêtements, leurs armes, quand ils étoient guerriers, leurs ouvrages, quand ils étoient artisans. Tout ce qui reste d'eux est béatifié d'un ſeul coup de l'autorité pontificale, & tout cela ſe met aussi-tôt à faire de grands miracles dans le même genre qu'en faisoit l'ancien propriétaire. Car chaque esprit immortel a ſon département d'efficacité pour le ſoulagement des hommes ; chaque mal a donc un Esculape dans le ciel, ce qui fait qu'on ſe porte à merveille au Japon, quoiqu'il y ait aussi des médecins de la faculté.

Après les Dieux, les Eſprits immortels, le Daïri presqu'autant vénéré qu'eux, viennent les Bonzes qui jouissent d'une grande considération parmi le peuple qui les croit Saints de profession, & dont ils dirigent toutes les pieuses intentions pendant la vie & jusqu'à la mort; à cette époque on peut racheter ſes fautes ſuivant un taux convenu, ſur quoi le mourant n'est pas ordinairement fort difficile.

Ce petit commerce édifiant & le débit des images, ſculptures & autres objets qui repréſentent les Dieux, ont poussé la fortune de certaines maisons de Bonzes jusqu'à une aisance assez honnête. Cependant il reste encore un bon tiers des biens de l'empire pour les charges publiques, & un tiers pour la ſubstance des Laïques, en faisant ſupporter à eux ſeuls les pertes, les non-valeurs, les accidens de tous les genres, tellement qu'on pourroit dire que ce derniers tiers, ainsi morcelé, ne vaut pas un ſixieme franc.

Les Seigneurs Japonois faisoient jadis beaucoup de cas des Bonzes : ils achetoient d'eux fort cher des robes de papier barbouillé de figures ſaintes, & ils aimoient infiniment à s'en revêtir dans le lit de la mort : ils ſont un peu moins fervents aujourd'hui; néanmoins, comme dans la haute Hiérarchie des Bonzes il y a des places dignes de leur attention pour le revenu, ils font l'honneur à l'état clérical de lui destiner les cadets de famille, & cela ne contribue pas peu au maintien de la religion Busdoïste dans l'empire.

Mais vraiment, c'est très-moral tout cela, dit l'Ebahi, comment est-ce qu'on a tant de raison & d'esprit au Japon? Je ne vois pas du tout seulement par où cela mene à l'adoration des Singes.

Nous y venions par degrés, reprit Wurtzheim, mais je m'apperçois bien que les matieres théologiques ne vous attachent pas assez; je ne puis cependant me dispenser de vous parler de pélérinages, d'autant moins qu'ils nous fourniront une aventure assez piquante.

LA NOCE.

Il y a dans une province du Japon, laquelle se nomme Isge, une Pagode des plus célebres, dite le Temple du grand Dieu, & près de là est une caverne qui est l'objet de la dévotion des pelérins. Ils croyent que le grand Dieu s'y est autrefois caché, lorsqu'il a privé le monde de la lumiere. Tous les ans, dans la belle ſaison, il y vient une foule innombrable d'hommes & de femmes de tous les ordres, excepté des premieres classes de l'État. On voit les Pélerins affluer de toute part;

Les uns en char, les autres en charette,
En palanquin, en litiere, en brouette;
D'autres montant âne, mulet, cheval;
Beaucoup à pied, nus jusqu'à la ceinture,
Haves, mais fiers de leur triste figure,
Car au ſéjour de la gloire future
Pour être mieux, il faut être ici mal.

Outre l'efficace invisible de ces pratiques pieuses, il arrive toujours à chaque pélérinage des choses très-propres à entretenir la dévotion.

Dans celui que je fis, je voyageois avec deux nouveaux mariés de la ville de Jédo, desquels j'appris certaines particularités qu'il faut reprendre d'un peu haut.

Le Bonze qui bénit l'union de ce couple, avoit fait un discours ſi onctueux ſur les avantages de la continence & ſur l'abondance des mérites qu'on acquiert dans le pélérinage, lorsqu'on y apporte une aussi ſainte disposition, qu'une grande partie de l'assemblée fut touchée jusqu'aux larmes. Toutes les femmes de cinquante ans & au de-là dirent en ſanglottant, qu'elles voudroient bien revenir à quinze, & qu'elles ſauroient ce qu'elles auroient à faire. Les petites filles pleuroient en voyant pleurer leurs grand-meres, & protestoient bien qu'elles ne voudroient jamais entendre parler du mariage. Les jeunes hommes ſe ſeroient bien gardés de rire, parce que les vieillards étoient fort ſérieux : la cérémonie s'acheve; la Noce s'en retourne dans le ſilence & dans la componction; de ſorte qu'une journée ordinairement consacrée à la joie, ſembloit une journée de deuil ; ce qui fut très-agréable au ciel, car il inspira une bien bonne résolution à la nouvelle mariée.

LE VŒU.

Le ſoir à l'heure où l'ennui de l'étiquette fait place au premier embarras du plaiſir, avant que la pudeur eût à céder tous ſes droits à l'amour, la jeune épouse, après une priere très-fervente, les yeux baissés, quelques larmes coulant ſur ſes joues colorées d'un rouge vif par la modestie, s'avance avec une démarche lente & timide vers le lit nuptial, où l'époux impatient l'entraîne dans un de ces transports d'aise ſi difficiles à contenir.

Ah! .... lui dit-elle éperdue, que de mérites vous allez perdre à la fois pour une bagatelle! .... Dieu, quelle bagatelle! répond l'époux enflammé des plus ardents desirs; je lui donnerois ma vie.

Il insiste, on refuse; il attaque, on ſe défend; il alloit triompher, on crie, ah! ma mere! ....

La mere qui ſavoit le ſecret de ſa fille, étoit restée, contre l'usage, dans la maiſon des mariés, & ſe tenoit près de leur appartement. Elle accourt au cri qui l'appelle, frappe à la porte, menace de faire encore plus de tapage, ſi l'on n'ouvre pas promptement.

Quel contre-temps pour l'époux! un moment de doute le distrait [1]; la demoi-

---

(1) Un Docteur en Pathologie a conclu de cela ſeul que l'époux n'étoit pas encore parvenu au dernier degré d'aptitude; car ce raisonneur prétend qu'alors tous les ſens ſont réunis dans celui-là ſeul qui nous absorbe ſi délicieusement pour ſe faire ensuite regretter ſi vîte. Tellement, disoit ce Pathologue, que ſi le tonnerre venoit à gronder en certaines circonstances avec ſon plus grand fracas, on croiroit que ce ſeroit pour battre la mesure.

ſelle ſon épouſe ſaute hors du lit, court rapidement introduire ſa mere, & ſe jette dans ſes bras.

Monsieur, dit la mere à l'époux déconcerté (1), vous me ſemblez bien impétueux dans vos caprices & bien impérieux dans vos volontés; j'ai eu quelques ſoupçons de votre humeur hier au ſoir pour la premiere fois; mes craintes ne ſont que trop confirmées maintenant, mais prenez garde à vous; ma fille a fait, aux pieds du Prédicateur de ce matin, le vœu de garder ſa virginité pour le moins jusqu'au retour du pélérinage d'Isge. J'avois espéré que ce beau ſermon ſur la continence auroit ſur vous quelqu'effet, & vous pouvez même encore participer aux mérites de ma fille par un pieux acquiescement à ſa bonne action, ou ſi vous persistez dans votre engagement ſacrilege, tremblez du ſort qui vous attend; le ciel ſaura manifester ſa vengeance.

Cela dit, la mere ſe retire. L'époux étoit fort jeune; s'il avoit beaucoup d'amour, il n'avoit pas moins de dévotion,

(1) Quelques ſavants Ethimologistes ont imaginé que ce mot dérivé d'un autre verbe privatif, doit avoir été inventé pour quelque cas ſemblable.

&

& ce ſentiment dans les cœurs tendres, ſuccéde aiſément à l'autre (1).

Voilà cet amant ſi passionné, ſi pressé de faire le mari, le voilà devenu pensif, interdit; le voilà s'interrogeant ſcrupuleuſement lui-même pour examiner s'il n'avoit pas été jusqu'au péché, & cherchant avec inquiétude de quelle classe pouvoit être celui-là (2).

Enfin, après beaucoup de réflexions, il conclut que, malgré le ſacrifice très-coûteux, le conseil de ſa belle-mere est indispensable à ſuivre. Il fait donc ſes excuſes à ſa chaste épouse, ſe recommande

---

(1) Les têtes dures, qui ſe prétendent philosophiques, disent que cela est très-vrai pour la fin de la vie comme pour ſon commencement; or, on marie les Japonois dès l'âge de douze ans, parce que leur climat l'exige.

(2) Il y a là-dessus toutes les distinctions imaginables à faire. Un certain Zachias, Jurisconsulte, Théologien & Médecin, a composé, pour l'édification & l'instruction des Fideles, un gros in-folio rempli de détails bien plus circonstanciés que tout ce qu'on trouve dans l'Aloisiana de Meursius. Il faut que ce Zachias ait fait prodigieusement d'expériences avec la vue, le tact & l'odorat pour décider mille questions relatives à la co-habitation conjugale. Peut-être eſt-il plus ſage de laisser faire chacun comme il peut.

à ses prieres, & tous deux, d'un grand zele, prennent ensemble l'engagement de faire le voyage d'Isge dans l'état le plus parfait.

Dès qu'on fut au printems, saison du pélérinage, nos deux époux, de bonne intelligence, se disposent à partir. J'étois de leur société à Jédo; ils me proposent de les accompagner. J'accepte, charmé de voir un lieu de si grande réputation, & de voyager dans un pays aussi agréable que le Japon.

LA TENTATION.

Nous allions à pied, en vrais pélerins; au bout de deux jours de route, la fatigue que combattoit en vain la dévotion, force enfin la jeune Japonoise & le gardien de sa fleur à s'arrêter à quelque distance du grand chemin d'Isge, dans une prairie émaillée qui s'étendoit le long d'un bois; son feuillage touffu invitoit à y chercher un abri contre l'excessive chaleur; nous entrons dans ce bocage, & à quelque distance nous trouvons une sorte de quinconce, irrégulier, formé d'arbres fruitiers dont les branches courbées ſous le poids de leurs richesses, offroient un repas champêtre. Plus loin dans un enfoncement étoient des cabanes isolées qui ſembloient désertes.

Comment négliger tant de biens, avec tant de raison d'en faire usage ? Nous cédons à ces tentations vives ; le temps fuit comme l'éclair, lorsqu'il est porté ſur les ailes ſi rapides du plaiſir ; les ombres de la nuit nous ſurprennent en ce lieu : mais le ciel est ſi beau, l'air ſi pur, le parfum qui s'éleve des arbustes & des plantes est ſi ſuave, que c'est un délice de respirer dans ce voluptueux asyle.

Tout ſe tait à l'entour; ce calme est mystérieux & enchanteur; Philomele dissipe enſuite l'horreur religieuse du ſilence par ſes chants harmonieux; les tourterelles ne laissent échaper que les tendres accents du bonheur qu'elles accélerent par leurs baisers, ou qu'elles célebrent par les battements réitérés de leurs ailes qui agitent les branches.

Quel ſpectacle ! qu'il est éloquent ! . . . Un charme irréſistible enivroit nos cœurs ; nous nous ſéparons pour nous y abandonner dans une langueur penſive.

Quelle foule de sensations fortunées ! la confiance paisible, la joie douce, la riante espérance, l'amour enfin, (car il remplissoit ces lieux de sa puissance) tout nous transporte au sein de la félicité : mais elle accable nos foibles organes & les livre vaincus au sommeil.

Je lui cédai du moins, oubliant & le voyage & les jeunes Pélerins.

LE NŒUD GORDIEN.

LA blonde Phébé avoit fourni la moitié de sa course dans son char argenté : soudain un cri perçant me réveille en sursaut ; il retentit jusqu'à Cythere, & Vénus en sourit. Son dangereux fils s'étoit plu à renverser toutes les résolutions des deux époux. Un mot de sa bouche l'avoit emporté sur le discours entier d'un Bonze, sur un vœu solemnel & sur la crainte de la colere du ciel qui ne s'oublia pas.

Je cours au cri, & j'apperçois une attitude qui m'ordonne la discrétion, en m'inspirant la jalousie. Qu'ils sont heureux, disois-je, & enfin je ne pus m'empêcher de dire, qu'ils le ſont long-temps!

Ma diſcrétion fut cependant plus longue encore que la constance des deux époux dans un ſupplice qui ſembloit l'excès du plaiſir.

Hélas, s'écrie douloureusement la jeune femme, le grand Dieu nous punit. Généreux étranger, que la pitié vous touche; courez au village le plus prochain chercher un Bonze, lui ſeul pourra. . . . . Sa voix expire à ces mots.

Je vole, & je reviens avec un des Ministres de la Pagode voiſine; je m'éloigne par ſon ordre; il fait pluſieurs cérémonies mystérieuses, & au bout de peu de temps je revois mes compagnons de voyage désormais libres, mais qui n'osant plus aller jusqu'à Isge, me quittent d'un air très-confus, & reprennent le chemin de la Capitale.

Ma curioſité violemment excitée par un incident ſi bizarre me presse d'interroger le Bonze: il fait long-temps le mystique, mais d'après certaines propoſitions bien ſonnantes, il m'apprit à l'oreille que ſes confreres au Japon étoient dans l'usage de distribuer aux jeunes filles qui faisoient des vœux particuliers de sagesse, des lacets bénis, en forme de nœuds coulants, & trempés dans une liqueur assez forte pour faire enfler tous les corps très-sensibles qu'ils serroient: il me dit qu'on ajustoit ces lacets où & comme il falloit, & que leur effet étoit immanquable dans le cas d'infraction, ainsi que je venois d'en voir un exemple; que du reste une paire de ciseaux, une phiole d'huile émolliente, plus, des prieres, avoient concouru à la délivrance qu'il venoit d'opérer.

Après qu'il m'eût fait à voix basse cette explication, il alla publier hautement l'étrange anecdote, comme un terrible miracle, dont il tira grand parti, pour imprimer dans le cœur de tous les pélerins présents & à venir, la frayeur salutaire des châtiments célestes.

Aussi, depuis ce temps, les époux Japonois, soit qu'ils aient commencé, soit qu'ils aient fini leur mariage, s'abstiennent scrupuleusement de tous leurs droits sur la route d'Isge, & l'on dit qu'en récompense toutes les femmes, par le secours de la grace d'en haut, très-purifiante, sont dispensées de jamais s'occuper pendant le pélerinage, tel long qu'il fut, de certains calculs ordinaires.

LES LIMBES.

JE poursuis ma route vers Isge. Après avoir visité la caverne du grand Dieu & avoir reçu de ses Officiers temporels une petite boîte où étoient serrés tous mes péchés, dont j'avois la décharge en bonne forme, je n'eus rien de mieux à faire que d'aller visiter le lac de Fakone qui est le lieu du bain expiatoire de toutes les ames du Japon.

Les bords de ce lac sont garnis de petites chapelles où se tiennent des Bonzes qui poussent des hurlements effroyables, en frappant sur de petites cloches, afin d'avertir la charité des passants de payer un tribut pour le transport plus prochain des ames plongées dans l'eau. Ces Bonzes délivrent, suivant le tarif, de petits morceaux de papier qu'on jette dans le lac, attachés à une pierre, & les ames se trouvent allégées à mesure que les noms écrits sur ces papiers s'effacent.

C'est quelque chose de merveilleux que de voir combien ces pauvres ames sont douces

& pacifiques dans leur bain de longue durée, car pas une ſeule n'osa troubler l'eau en ma présence, & cependant il y avoit là par millions des Princes & leurs Courtisans, des Ministres d'État & leurs premiers Commis, des Généraux & leurs Soldats, des Maîtres & leurs Serviteurs, des Amants & leurs Maîtresses, des Maris & leurs Femmes, des Receveurs du fisc & des Taillables. Quelle concorde entre tant d'êtres remis au niveau ! Que cela est exemplaire pour nous autres vivants ! Certes, je vis bien que c'est au lac de Fakone, & là ſeulement que le contrat ſocial peut avoir ſon exécution.

Plus loin je décrouvris une autre chose non moins curieuse ; c'est la ſtation des jeunes ames qui ont quitté leur enveloppe avant l'âge de ſept ans. Leur place est marquée par une grande pyramide, avec une inscription qui apprend à la postérité, que par la miséricorde divine, ce monument a paru tout-à-coup pour appaiser les longs & ſanguinaires débats qui régnoient entre la faculté théologique de Jédo, & celles de pluſieurs autres villes du Japon, comme aussi entre les Docteurs particuliers de chacune de ces facultés, au ſujet du lieu de passage qu'occupoit les ames innocentes, avant d'entrer en possession de la béatitude.

Par là je connus clairement combien le Ciel s'intéressoit à la controverse.

LE CORTÉGE.

JE m'en retournai vers la capitale par une autre province que celle d'Isge, & je ſuivois tranquillement ma route, admirant combien les grands chemins ſont beaux & commodes au Japon. Deux rangées de ſapins y procurent de l'ombre aux voyageurs, & des canaux qui bordent ces arbres de chaque côté, leur offrent un ſoulagement toujours prêt contre la ſoif & la chaleur.

Soudain passe un écuyer, la pique haute, qui m'ordonne très-brutalement de m'écarter : il étoit ſuivi par d'autres officiers, tous à cheval ; l'un portoit respectueusement dans ſes mains un bonnet de nuit ; l'autre des pantoufles ; celui-ci un éventail, celui-là un parasol ; enfin toutes les pieces d'un habillement très-complet, & tous les meubles & ustenſiles de l'usage le plus habituel étoient partagés entre les cavaliers d'une escorte qui fut long-temps à défiler, & qui étoit terminée par le porte cure-dent ; puis passerent les officiers de la bouche dans plusieurs fourgons, les valets de chambre en tape-culs, les huissiers en diables, les secrétaires ordinaires & extraordinaires en chaises, les intendants en diligences, les trésoriers en berlines, les aumôniers en caleches à soupentes, les confesseurs en dormeuses : après cela venoient beaucoup de carosses dits *de suite*, & qui alors marchoient devant, & enfin au bout de deux heures, j'eus le bonheur d'appercevoir un superbe palanquin porté par huit hommes (1), & entouré de nobles à pied, car tout cela appartenoit à un prince qui venoit de briller dans ses domaines pour aller s'éclipser à la Cour.

Du moins, c'est ce que j'appris ensuite par un voyageur plus modeste qui passoit à cheval, ayant à côté de lui son valet,

---

(1) Voilà une différence notable entre les Princes du Japon & ceux de nos Contrées. Les uns mettent la gloire à la lenteur de leur marche, les autres à la vitesse de leur course. Lequel de ces deux systêmes est le meilleur? Je laisse ce problême à résoudre à M Asymptote, grand Mathématicien, qui trouvera le rapport de la masse à la vitesse.

lequel tenoit la bride & chantoit pour amuser son maître.

LE PHILOSOPHE.

CE cavalier Japonois, dont l'air & le propos me prévenoit favorablement ſur ſon compte, voyant que je marquois l'envie de pouſser plus avant la converſation, eut l'honnêteté de mettre pied à terre pour établir, dit-il, plus d'égalité (1) entre nous, car c'étoit un penſeur.

Il me parla ſi éloquemment, mais ſans affectation, de ſes principes moraux ſur la fragilité de toutes les choſes matérielles, ſur l'éclat immortel des vertus utiles, ſur le bonheur dépendant du rapport de nos goûts avec notre poſition, ſur la modéra-

(1) Plus d'égalité; voilà le point où s'arrête la ſageſse reſpectant les diſtinctions établies par le Gouvernement entres les diverſes claſses de l'Etat, & voilà pourquoi le Philoſophe laiſsoit aller à pied ſon valet. Un enthouſiaſte, outré de l'égalité primitive, n'auroit point eu de valet, & cela n'auroit pas empêché tous ſes compatriotes aiſés de garder les leurs.

tion du ſage , que je n'eus pas de peine à conclure qu'il l'étoit lui-même.

Que faites-vous dans ce pays ? lui demandai-je ; le plus de bien que je peux, me répondit-il : mais par cette question, repris-je, nous entendons autre chose en Europe ; c'est comme ſi j'avois dit, qui êtes-vous ? quel est votre titre ? votre rang ? votre état dans le monde ? votre fortune ?

Il me dit ; j'ai tout cela dans le degré ſi précieux de la médiocrité ; j'ai assez pour exercer la bienfaisance ; pas assez pour attirer l'attention, compagne inséparable de l'envie. Ma profession, qui m'oblige à peu de chose, ne laisse pas d'avoir un objet utile à l'Etat ; ainſi elle offre le grand avantage de payer le tribut de quelques ſervices à la patrie, ſans perdre ſa liberté. Du reste mes ſeuls voluptés ſont mes ſenſations intérieures dirigées ſelon les regles de la nature & de la ſociété.

Je ne me fie pas, répliquai-je, à toutes ces directions ; elles ſont ſi ſouvent contrariées par des accidents de l'ordre politique. Un rescrit de l'Empereur peut vous retrancher la moitié de vos repas, quoique vous ayez bon appétit ; un autre vous ordonner la retraite, quand vous avez le plus d'envie de ſortir, ou vous défendre tout-à-coup d'être bon à quelque chose.

Eh ! bien, reprit le Philosophe, pensez-vous que l'homme éclairé n'ait pas travaillé de bonne heure à ſe mettre au-dessus du ſort. Ses plus rudes coups ne l'affligent qu'à l'exemple des habitants de l'air, qui cherchent un abri contre les noirs orages, & revolent ensuite avec empressement dans les plaines éthérées, dès que la clarté du jour leur est rendue.

La nécessité dans l'ordre phyſique ou moral, est aux yeux du philosophe la condition inviolable de ſon existence, il s'y ſoumet avec résignation dans tout ce qu'elle exige, & ce qu'elle lui ôte, il oublie qu'il l'a possédé.

Je dis à mon Japonois que j'étois étonné de rencontrer cette force d'ame ſous un gouvernement despotique ; il répondit que celui du Japon n'avoit pas encore tout-à-fait dégénéré jusqu'au point d'être tel, parce que l'honneur pouvoit y être ſouvent méconnu, mais qu'il n'y étoit pas ignoré (1).

(1) En effet, les Japonois ſont ſensibles au point d'honneur, pour le moins autant qu'on l'est en Europe. Dans notre continent on ſe coupe la gorge entre

J'eus le malheur d'objecter que c'étoit une foible protection que celle de l'honneur, vassal lui-même de l'opinion, & que c'étoit peu de chose que l'opinion, que ce n'étoit même plus rien.

Voici ce que me répondit le Philosophe, sortant un peu de son état ordinaire d'immobilité morale :

L'opinion n'est rien? .... sa force est invincible,
Son pouvoir infini, son droit imprescriptible;
Sa voix, dans les cités, rassembla les humains.
Les sceptres, les autels sont l'œuvre de ses mains,
Elle arma la justice, elle orna la victoire;
Et seule, dispensant & le blâme & la gloire,
Sur les trônes soumis à ses séveres lois,
Elle éleve, affermit, ou dégrade les Rois.

Après cette bordée, j'abandonnai ma these, pour ne point m'attirer une nouvelle sortie & je finis par demander au Philosophe ce qu'il pensoit de ce grand Seigneur que nous avions rencontré.

Je le plains fort, dit-il, car tout Prince est un être obligé de s'ennuyer par état

---

amis pour la réparation de la moindre offense; au Japon, on se fend le ventre soi-même en croix, & l'adversaire est obligé d'en faire autant sous peine d'infamie.

dans un enchaînement de ſujétions. C'est un homme qui pour ſes moindres actions a besoin du ſecours d'autrui : on a étouffé ſes plaiſirs ſous le poids de ſes innombrables fantaisies : ſes desirs ne ſauroient être comblés ; mais à coup-sûr ſes jouissances ſont mortes, & leur premier assassin fut celui qui le premier ſervit ſes caprices.

Cependant il est bon de vous observer que les Grands au Japon, ont depuis quelque temps beaucoup retranché de l'ancien luxe ; ils ont ſenti que *le décorum* ne faisoit que les gêner, & ne les rehaussoit pas. J'ai vu leur train ſur un bien autre pied ; jadis, le cortége d'un Prince occupoit un espace long de pluſieurs lieues, & ne pouvoit ſe loger que par diviſions dans pluſieurs villes & bourgs. Enfin, le Seigneur qui vient de passer n'avoit gueres que ſix à ſept mille hommes de ſa ſuite, au lieu qu'auparavant il n'auroit pu voyager avec moins de quinze mille (1).

---

(1) On croit que cette réforme est due aux exemples d'un Empereur aussi puissant, & plus véritablement grand que celui du Japon. Les grands Hommes marchent ſans escorte, parce qu'ils ont dans leurs vertus, le plus imposant des cortéges : ils ſont modestes en tout ; mais leurs noms & leurs actions retentissent jusqu'au bout de l'univers.

LA STATION.

Nous étions arrivés dans une grande ville qui se trouvoit sur notre route. Nous passames devant une de ces hôtelleries si agréables & si communes au Japon. Je me disposai à y entrer ; ce qui me priva de mon compagnon de voyage ; il s'en alla en me souhaitant une bonne fortune.

Vous trouverez ce souhait assez singulier de la part d'un philosophe ; mais, c'est que dans ce pays, où l'on a rafiné sur toutes les commodités de la vie, les bonnes hôtelleries sont pourvues, non-seulement de toute sorte de mets & de rafraîchissements & d'autres choses nécessaires aux voyageurs, mais encore des plus jolies filles qui ne manquent pas d'attirer les passans par une toilette très-bien entendue & par des agaceries.

Dès qu'on est entré, on a le droit, en satisfaisant à la taxe, de jetter le mouchoir à la beauté que l'on préfere, & sur le champ d'avoir avec elle un tête-à-tête. Je trouvai cela fort à propos au retour d'un pélérinage.

J'eus

J'eus tout lieu d'être ſatisfait de mon choix, & je ſerai trop heureux de retrouver jamais autant de plaiſir ſans risque.

Je demandai à ma nouvelle Maîtresse, pendant que nous prenions quelques restaurants, des éclaircissements ſur ſa profession. Elle me dit que c'étoit un état fort doux au Japon, & de plus un état assez honnête, en tant qu'autorisé par des réglements, fruits d'une ſaine politique ; qu'au ſurplus tout le déshonneur qui pouvoit réſulter du métier de la galanterie, aux yeux des gens les plus ſcrupuleux, retomboit ſur les parents, qui ſacrifioient ſouvent de bonne heure leurs enfants à une vile cupidité.

Je lui dis qu'elle ne connoissoit donc pas les Archers, les Commissaires, la Chambre de Police, l'Hôpital, ce qu'on y porte & ce qu'on en rapporte ſouvent.

Elle répondit que non ; & que l'on donnoit au contraire toute ſorte d'encouragements & de ſoins à une profession vraiment utile.

Cela est bien fort, m'écriai-je !

En voulez-vous la preuve, me dit-elle ; la voici.

L'usage de ſe fendre le ventre en croix pour le moindre ſujet a été fort général au Japon. Un Empereur, d'espece assez rare, qui vouloit bien donner quelques moments d'attention par jour à la conservation de ſes ſujets, écouta une fois les représentations d'un Ministre fort extraordinaire aussi, car il vouloit bien s'occuper de l'intérêt public. Ce Ministre dit à ſon Maître, que la portion la plus nombreuse de ſes Sujets étoit extrêmement miſérable.

Comment faire, dit l'Empereur :

Comment faire, répondit le Ministre.

Il ajouta ensuite que, de cette misere, il résultoit des ſuites très-contraires à la prospérité de l'empire ; l'une, que les indigents ne ſe marioient pas, ou ne ſe marioient que pour eux, dans la crainte de ne pouvoir nourrir des enfants ; l'autre, que des gens conduits par l'infortune, au comble du désespoir, ſe tuoient eux-mêmes assez fréquemment, d'autant plus qu'une mode étrangere, introduite au Japon, donnoit, à ces ſortes de morts, un vernis d'héroïsme.

Comment faire, dit encore l'Empereur.

Ah ! pour cette fois, le voici dit le Ministre.

Il y a plusieurs ſiécles que l'on tolére

dans l'empire, la profession du libertinage, comme disent les Bonzes, quand ils ſont en public; je ne crois pas qu'ils ſe portent jamais à vous demander de l'abolir; moi, je ne vous demanderai pas de l'autoriser absolument, mais de la régler, & de l'épurer. Par-là vous arrêterez peu à peu un torrent de corruption dans ſa ſource..... Je vous entends, dit l'Empereur; des médecins, des matrones & le préservatif du Sr. Condylocure.

A merveille, continua le Ministre. Nous ferons aussi quelques réglements de police intérieure; nous nommerons des ſupérieures, des visiteuses, des discrettes, pour maintenir l'ordre, & répondre des infractions qui s'y feront comme par-tout. Ainsi vous répandrez quelques consolations ſur l'espece d'hommes assez malheureux pour n'en pouvoir prétendre que de ce genre, & qui jusqu'à présent ou s'en abstiennent pour faire pis, ou trouvent dans une lueur de plaisir, l'accroissement durable de leur malheur. Si vous ne pouvez rendre heureux tous les hommes à qui le hasard a défendu de l'être, procurez leur au moins, dans quelques douceurs présentes, des illusions ſalutaires pour l'avenir; qu'ils ſoient intéressés à conserver à l'État des membres honnêtes ; car enfin celui qui vient de goûter le plus grand bien de l'existence, est ordinairement le plus éloigné de faire du mal (1).

Ainsi parla le Ministre. Son conseil fut accueilli, & ce qui vous étonnera plus, très-exactement observé. Tous les désordres de l'amour disparurent ſucceſſivement. On nous apprit, dans des asyles très-réguliers, l'art de plaire, dégagé de tous périls. On se chargea de l'éducation de nos enfants qui devinrent des ſujets utiles, tandis que d'un autre côté les ſuicides diminuoient de plus en plus parmi les Japonois. Notre premier ſentiment avoit été celui de la reconnoissance envers l'État ; nous le portâmes dans les rendez-vous ; nous fîmes autant de citoyens que d'heureux, & ce fut ainsi que, par une réforme déja ancienne, ſe formerent ces établissements qui me procurent, Européen, la joie d'être avec vous : ce fut ainsi que l'on nous donna des mœurs.

Ici, l'Ebahi, qui avoit été jusques-là

(1) Quelques traits particuliers d'un emportement rare ne détruisent peut-être pas en effet ce principe général.

passablement attentif, ne put retenir sa langue davantage.

Des mœurs, s'écria-t-il, ah! M. Wurtzheim, vous n'y pensez pas; je vous l'ai déja dit, vous me prenez pour un autre; vous inventez des contes qui passent à la fin la permission de singularité; vous me faites un galimatias de théologie Japonoise qui n'aboutit à rien que je sache; vous me racontez un incident de pélérinage dont on ne pourroit examiner la possibilité que dans un cours théorique & pratique d'anatomie comparée; vous me peignez un Grand, voyageant avec une armée qui ne sert qu'à porter sa garde-robe, vous rencontrez un prétendu moraliste qui n'est qu'un ennuyeux bavard, tandis qu'un sage doit toujours se taire, à ce que tout le monde dit; vous quittez le philosophe pour une fille de joie qui fait une dissertation politique, pour prouver que son métier est utile, & qui se vante d'avoir des mœurs.

Grand Dieu, que voulez-vous que je conclue, & comment cela finira-t-il?

Encore un moment de patience, dit Wurtzheim; & il poursuivit ainsi sa narration.

LE TOCSIN.

LORSQUE j'eus quitté cette hôtellerie, digne de la capitale des Sybarites, je ne rencontrai plus aucune habitation ſur la route, que je ſuivois au hasard dans la campagne, qu'un monastere de femmes d'un de ces Ordres Cénobitiques, qui consument la graisse de la terre pour attirer la rosée du ciel.

Ces Dames étant bien sûres de faire aſſez pour le genre humain par leurs prieres, lui refusoient tout autre ſecours. L'hospitalité ſur-tout eût été, ſuivant leurs ſaints Statuts, une grande faute; c'est ce que j'ai appris à mes dépens.

Je m'étois d'abord introduit dans leur premiere enceinte, ſans trouver persônne; j'apperçois enfin une Cénobite qui venoit à moi, le front voilé, du bout d'un long portique. Elle leve les yeux, jette ſoudain un cri effroyable, & s'enfuit ſi précipitamment qu'il tombe, de dessous ſes vêtemens, plusieurs restes ſacrés de ces corps devenus esprits immortels, un gros tas de petites clefs, un faisceau de lacets, couleur de rose, garnis de nœuds, & un morceau de papier plié & replié en tous ſens.

Je ramasse le tout, & j'avance vers l'intérieur où avoit fuit la Cénobite.

On avoit ſonné, à coups très-répétés, une cloche d'un timbre éclatant; j'entends tout à coup un grand bruit derriere moi; je me retourne & je vois accourir une troupe d'hommes armés, l'un, d'un vieux mousquet, l'autre, d'une pique rouillée, & le reste, de pelle à four, de longs crochets de fer, de broches, de chenets, de grils, de poëlons, de pieux, de pioches, de bêches, de tenailles & de marteaux, enfin, de tous les ustensiles de professions ordinairement utiles à la vie, mais dont les instruments étoient alors destinés à un tout autre usage. Tous ces aggresseurs tombent ſur moi qui ne ſongeois pas à faire de résistance. Ma tranquillité rallentit leur ardeur de carnage; ils ſe contentent de me ſaisir & de me pousser très-violemment hors de l'habitation; puis ils alloient ſe mettre à genoux pour rendre grace au ciel d'un ſi important ſuccès, lorsque je tirai de ma poche les petits effets de la Cénobite, pour les rendre à un de mes Satellites.

Cette action me parut confondre toute la cohorte. On reste la bouche ouverte & les yeux fixes ; ensuite on s'approche, on parle bas, on ſe consulte, & enfin on me laisse la liberté de m'éloigner, que je mis à profit ſur le champ.

LA GROTTE.

NON loin du monastere étoit un rocher vaste & désert ſous lequel j'apperçus une Grotte profonde qui me ſembla d'une heureuse rencontre, puisque je me voyois forcé de passer la nuit dans l'air libre, & que je n'avois pas l'active imagination du citoyen de Genêve, pour me ravir en extase au ſein de la nation champêtre (1).

A peine entré dans la grotte je me ſens ſaisir & très-étroitement embrasser par un être de forme humaine ; il me dit des choses

(1) Voyez les confessions de J. J. Rousseau, où il expose combien il est délicieux de coucher dans les champs.

charmantes, me pousse bien tendrement; & me renverse par terre, où il ſe laisse tomber ſur moi avec beaucoup de complaisance.

Êtes-vous fou, m'écriai-je, encore transi de frayeur.

Ces ſeuls mots déconcertent mon homme; il ſe releve avec une grande confusion & jette un ſoupir de tristesse.

Enfin nous nous expliquons. Je ſus que c'étoit un jeune Japonois, fort amoureux d'une demoiselle de qualité, que ſes parents avoient faite Cénobite malgré elle, par un arrangement de famille.

Son amant me conta comment il s'étoit dérobé de la maison paternelle pendant une nuit, en ſautant à bas, d'un troisieme étage, comment ſon bon génie l'avoit empêché de ſe casser le col, comment il l'avoit conduit ſur un mauvais cheval à travers des forêts, des étangs, des rivieres, des roches & des précipices jusques dans cette Grotte, où devoit ſe rendre le modele des amantes, d'après la convention faite par des missives que portoit une colombe. Le jeune homme ajouta qu'il étoit le plus malheureux de tous les êtres, puisque ſa chere maîtresse n'étoit pas encore venue, &

qu'il me demandoit bien pardon de m'avoir pris pour elle.

Je commençois à lui raconter aussi mon aventure du Monastere, lorsqu'il entre une troisieme personne portant une lanterne ſourde, d'où elle tire ensuite la lumiere, & je reconnois, à ſa clarté, la Cénobite qui m'avoit attiré une ſi brutale réception.

Ah! Saint-Chaton...... encore vous, me dit-elle en reculant deux pas; vous m'avez causé de rudes alarmes, & vous avez failli m'attirer le plus grand des malheurs.

Jeune beauté, répondis-je, s'il y en a un plus grand que d'être éventré, assommé, tenaillé, martelé, empalé, embroché, grillé ou frit, je le mérite, puisque je vous ai occasionné quelque peine : mais je vous observerai néanmoins que tout ce que je viens de dire m'est presque arrivé, grace au ſon de cette maudite cloche, au branle de laquelle je vous ſoupçonne d'avoir eu part, après que vous m'eûtes tourné le dos un peu brusquement.

Cette petite réflexion adoucit la jeune Cénobite. Son amant, après les premiers transports de joie, quelques baisers, des ſerrements de main, des regards tantôt doux, tantôt brûlants, mourut d'envie de favoir le grand risque qu'avoit couru fa belle maîtresse qui parla ainsi en me regardant.

LES CONTRE-TEMS.

Pourquoi avez-vous le nez un peu gros, la bouche petite, les yeux noirs, le visage rond, le teint brun, la taille moyenne, enfin une très-grande ressemblance, au premier coup-d'œil, avec mon frere aîné qui n'a jamais pu me fouffrir, & à qui je dois d'avoir été renfermée dans la prison Cénobitique.

Cela a été cause, qu'en vous appercevant, je vous ai pris d'abord pour lui, & que j'ai poussé, en m'enfuyant, un cri de furprise & d'horreur qui a attiré toutes les Cénobites. Je n'ai pas vu de meilleurs moyens de me défaire d'elles, que de leur dire qu'il y avoit un homme dans leur enceinte. Aussi-tôt on a fonné le tocsin, & il s'en est fuivi tout ce que vous favez. Ce que vous ignorez, fans doute, c'est que, lorsque vous m'avez rencontrée fous le portique, j'étois en chemin pour venir ici, profitant d'un instant où j'espérois que les portes feroient ouvertes, par la négligence des portiers, pendant la méditation des Dames.

Vous voyez quel contre-tems c'étoit pour moi, de vous rencontrer : en outre, j'ai perdu, en courant, plusieurs babioles cénobitiques dont je ne me fouciois guères; mais ce qui m'a causé un chagrin mortel, c'est que j'ai perdu aussi ce cher billet, par lequel l'idole de mon cœur m'avoit annoncé le projet du rendez-vous. Inquiéte, agitée, j'ai recouru aussi-tôt fous ce fatal portique, où il n'y avoit plus personne, & je n'ai rien trouvé par terre. Comme je cherchois attentivement dans tous les coins, arrive une portiere qui tenoit tout ce que j'avois perdu, & qui couroit d'un air effaré.

Qu'avez-vous donc, lui demandai-je.

Ah! quelle profanation! quelle horreur! .... Saint-Chaton, Saint-Dogue, Sainte-Perruche.... voilà tout ce j'en ai pu tirer d'abord. Enfin, à force de questions, j'ai démêlé que les gens qui vous avoient expulsé, vous avoient repris apparemment mes effets que vous aviez pu ramasser lors de ma fuite. J'ai compris aussi-tôt tout le danger que j'allois courir; mais je n'ai pas perdu la tête. J'ai dis à la portiere qu'il falloit au plutôt découvrir l'affreuse pécheresse qui entretenoit sûrement des intelligences criminelles avec un homme, & que pour cela il n'y avoit rien de mieux à faire que d'avertir la Principale & toutes les Vénérables, de ce qui s'étoit passé, en lui portant les preuves parlantes du crime. Je m'en suis emparé tout de suite, croyant ainsi m'être tirée d'affaire pour le moment.

Mais l'insoutenable portiere ne me quittoit pas, dans l'espoir d'obtenir quelque récompense distinguée pour son zele, & en conséquence il a fallu tout risquer.

LE CONSEIL.

J'ai sonné une cloche destinée à rassembler les anciennes Cénobites : elles accourent, elles entrent dans la salle du conventicule; on nous y introduit la Portiere & moi; on ferme la porte à double tour; notre géoliere conte son histoire, & moi j'en montre les pieces justificatives, à l'exception du billet que j'avois coulé ſubtilement dans mon ſein.

Que penſez-vous, dit la Principale à ſes Aſſiſtantes ; qu'eſt-ce qu'on peut faire à cela ? C'eſt abominable, c'eſt exécrable, c'eſt déteſtable. A-t-on jamais vu pareille choſe : chacune s'écrie, on n'a jamais vu pareille choſe.

Comme je voyois que de tous leurs diſcours, il ne réſultoit aucune ſolution, je leur ai dit :

Très-pudibonde Principale & très - pudiques vénérables, ſeroit-il permis à la plus ſimple de vos chaſtes filles de ſoumettre ſes idées au tribunal de votre prudence ſuprême ? Il m'eſt venu dans l'eſprit un moyen de découvrir la coupable & de purger de ſa préſence contagieuſe la plus pure des demeures.

Parlez, ma fille, me dit-on, & que le ſouffle divin vous inſpire.

Épouſes du Siaka (1), crié-je auſſi-tôt, avec vivacité, qu'on fouille toutes les jeunes ſœurs ; elles ſont à préſent dans leurs caſes,

---

(1) On a vu plus haut que c'eſt un des premiers Dieux du Japon.

où elles ne s'attendent à rien ; il est clair que celle qui n'aura pas les ſaintes choses que nous portons toutes, ſera l'infâme qu'il faut enterrer toute vive.

Tout le conventicule s'est étonné d'un expédient aussi bon, & y a applaudi tout d'une voix. On n'a pas douté qu'il ne ſoit venu d'en haut, de ſorte que pour obéir aux impulsions célestes, on m'a chargé de faire l'intéressante perquiſition.

C'étoit tout ce que je demandois ; pluſieurs vénérables m'ont offert de m'accompagner, pour m'aider en cas de résistance ; je leur ai remontré qu'il falloit s'y prendre avec moins d'appareil & plus d'adresse pour réussir ; & que je pourrois trouver pour aller chez les ſœurs quelque prétexte à ma visite, qui ne causeroit ainsi aucune rumeur.

On m'a encore admirée, & l'on m'a laissé faire.

L'ESCARPOLETTE.

LA ſoirée étoit déjà avancée. Sûre de n'être point apperçue dans l'ombre, le premier usage que j'ai fait de ma liberté, a été de courir au jardin avec ma lanterne ſourde. Il y avoit dans un coin du bosquet, qui est derriere le verger, une corde ſuſpendue entre deux arbres, ſur laquelle tout ce que nous étions de jeunesse alloit prendre ſes ébats, malgré les défenses de la Principale, qui répétoit ſans cesse que de voltiger ainſi empêchoit le recueillement d'où l'on ne devoit jamais ſortir, & que c'étoit un piége tendu par le malin (1), qui rodoit ſans cesse dans les environs pour emporter au premier jour quelqu'évaporée.

Je ne puis vous nier qu'en traversant le jardin, la ſolitude, l'obscurité, la réflexion

(1) Le Diable, qu'on désigne par ce mot, est connu au Japon. Certains Sectaires croyent qu'il habite l'ame des renards, parce que ces animaux font de grands dommages; nous n'hésitons point à penser qu'il est dans l'ame de tous les méchants, & que leur cœur est le véritable enfer.

ſur

ſur mes dangers, ne m'aient encore plus effrayé que cette ancienne menace.

J'approche en frissonnant du cabinet de verdure, où étoit le jeu aërien, croyant toujours entendre quelque bruit ſinistre, & je porte, juſqu'auprès de la corde, un gradin ſur lequel s'asseyoient ordinairement les ſpectatrices. Je n'eusse jamais osé entreprendre de le remuer dans un autre temps; alors il me ſembloit léger. Je monte ſur cette ſecourable machine, & quoiqu'obligée de me retourner ſouvent pour de fausses allarmes, je parviens à détacher l'un après l'autre les deux bouts de la corde, & je l'emporte près du mur, au pied d'un grand arbre fruitier, dont quelques branches donnent ſur le dehors, par-dessus cette haute muraille, rempart d'une odieuse contrainte.

L'arbre, tout élevé qu'il est, a été ſouvent pris d'assaut pour ſon fruit; je grimpe ſur l'eſcalier périlleux qu'on avoit ébauché, j'attache fortement ma corde à la branche la plus voiſine du mur, & je descends, ſuspendue à elle, jusque ſur un chemin extérieur qui m'a conduit ici, ſans autre accident que les écorchures que m'a faites la corde, & que vous voyez au-dedans de mes mains.

A ces mots l'amant les baise avec ardeur. Je félicitai la belle fur fon habileté dans les cas difficiles, & je ne fus pas assez malhonnête pour les importuner davantage par ma présence. Je pris congé d'eux un peu embarassé de favoir où trouver un gîte pour ma nuit : mais l'amant eut l'attention de m'en indiquer un qui avoit été construit par des Pasteurs dans le voisinage, & où je me trouvai passablement.

LE CHAT.

J'AVOIS promis au jeune couple de retourner le lendemain matin à la grotte ; je ne me pressois pas de m'y rendre ; le jeune homme vint me chercher. Cela me furprit d'abord, mais je ne fus pas long-tems à en imaginer une cause qui fe trouva juste, & j'appris qu'un dernier contre-temps, furvenu après tous les autres, avoit forcé fa délicatesse de retarder fon bonheur.

Les desirs prolongés avivent la jouissance ; ce fut par cette réflexion que je cherchai à le consoler.

En arrivant à la grotte, je vis sa maîtresse un peu triste, qui sortoit au-devant de nous sous un vêtement séculier. C'étoit un effet de la prévoyance de son amant ; je l'en louai beaucoup, & je leur dis à tous deux qu'il étoit rare d'unir tant de présence d'esprit à tant d'amour ; mais aussi qu'avec ces deux choses on pouvoit se flatter d'être heureux.

Dieu le veuille, répondit la jeune fille, & St. Chaton.

Ce nom m'avoit déjà frappé la veille dans son récit. Cette derniere invocation renouvella ma surprise, & je demandai ce que c'étoit que ce personnage, & à cette occasion, pourquoi l'on faisoit tant de cas de certains animaux au Japon ?

C'est un point essentiel de notre Religion que leur culte, me dit la transfuge Cénobite, & en voici l'origine.

Il y avoit, dans ce pays où nous sommes, une veuve de moyen âge, & très-riche, qui vivoit retirée dans ses terres avec une Demoiselle de compagnie fort vieille & un Bonze fort jeune.

Ce Bonze s'appelloit l'Aumônier de leur Pagode domestique ; mais dans le fait, il étoit le confident de la Dame riche, & son intime, autant qu'on pouvoit l'être; car elle s'étoit toujours, disoit-elle, très-bien trouvée de ses conseils. Au fond c'étoit un homme d'esprit; mais il s'ennuyoit tant, malgré son esprit, dans cette solitude, qu'il en tomba malade. On appella des Médecins de toute part, on fit venir en grande diligence, & à grands frais, les plus habiles gens de Jédo : ils eurent ensemble une longue & tumultueuse délibération, de laquelle il résulta :

Que le Bonze, qui respiroit à peine, étoit en effet malade; que la cause premiere de la maladie venoit d'une cause occasionnelle, devenue cause habituelle, changée en cause morbifique, & que finalement elle seroit devenue une cause mortelle, si on ne les eût appellés; mais que, par le moyen de leur certaine science, ils assuroient, qu'après un traitement de dix-huit mois & quelques jours, le Bonze pourroit entrer en convalescence, & se rétablir tout-à-fait même avec le temps, s'il étoit bien exact au régime; qu'à cette condition, pour l'avenir, & que dans son état actuel, ils répondoient de lui. Il mourut le lendemain; ces Messieurs furent payés; mais la veuve fut inconsolable.

Toute entiere au deuil, aux larmes, aux éjulations, aux ſanglots & aux ſoupirs, elle passa plusieurs jours & pluſieurs nuits ſans fermer l'œil, ſans prendre aucun aliment, ſans dire une ſeule parole de bon ſens. Ses forces s'épuiſerent à la ſin ; un ſommeil d'accablement la ſurprit ; elle vit en ſonge ſon cher Bonze qui la remercia de ſa tendresse, lui dit qu'elle ne s'inquiétât point de ſon ſort, qu'on l'avoit exempté là-haut de faire ſon stage au lac de Fakone, en ſaveur de toutes les bonnes œuvres qu'il avoit pratiquées avec elle ; mais qu'il n'étoit pas encore admis dans le ſein de la béatitude ſuprême ; qu'en attendant, il avoit permission d'errer dans les airs d'un ſoleil & d'un monde à l'autre, même de revenir ſur la terre, & de ſe rendre viſible, à la charge toutefois de prendre la forme d'un animal, & de n'avoir que ſon langage ; qu'il ne manqueroit pas d'user de ce privilége pour viſiter ſon ancienne amie, & l'assister en toute occaſion, parce qu'il jouissoit d'un pouvoir égal aux intelligences divines qui habitoient comme lui dans les airs.

A ces mots, la veuve ſe réveilla dans un transport de joie ; un chat qui pourſuivoit peut-être une ſouris, vint à passer rapidement dans ſa chambre ; elle ne douta pas que le chat ne fut l'animal dont ſon protecteur céleste avoit pris la figure, & dès ce moment, elle eut un respect tout particulier pour cette espece, auparavant domestique. Elle lui rendit toute ſa vie un culte de relation au grand Être, à qui ſeul est dû le culte de *Latrie*, & à ſa mort elle fonda le monastere d'où je ſors, en le dédiant à St. Chaton; car les diminutifs ſont comme vous le ſavez ſûrement, des termes d'amour.

Je remerciai la jeune Japonoise de ſon récit que je trouvai instructif. Je voulus ſavoir enſuite comment ce culte des bêtes avoit pu ſe propager & s'établir ſi généralement au Japon. J'appris que la veuve qui avoit eu une vision, la confia à d'autres qui en eurent ensuite; que chacune adoptoit d'après cela tel ou tel animal pour repréſenter la personne qui lui fut la plus chere ; que ces premieres idées ſe généraliserent parmi les générations ſuivantes, & qu'enfin on en étoit venu à croire universellement que les ames des Saints ou des grands perſonnages habitoient, après la mort, le corps de quelques bêtes ; que, par cette raison, on s'étoit bien gardé d'en tuer ou d'en maltraiter aucune, de peur d'exposer quelque ame de considération aux incommodités du déménagement; que plusieurs dévotes, à l'exemple de la veuve, avoient élevé des Pagodes en l'honneur de leurs bêtes favorites, avec la permission du Daïri (1), qui s'étant fait bien payer, n'avoit pas mieux demandé que de multiplier les Patentes d'érection; enfin, que les dévotes, par leur zele, avoient fait des dévots, & qu'ainsi, peu-à-peu, les hommes de toutes les classes & les Empereurs même l'étoient devenus.

Ah! nous y voilà donc, dit ici l'Ébahi; comment, c'est fort drôle cette généalogie des cultes; à vous dire vrai, je ne croyois pas que vous pussiez vous en tirer, & je pensois que c'étoit par pur embarras de finir, que vous allongiez ainsi toujours votre histoire, vous accrochant d'un incident à l'autre: vous êtes un peu diffus, M. Wurtzheim; je me connois en narrations; mais j'avoue qu'avant la vôtre, je ne savois pas qu'on fit, en aucun pays, tant de cas des bêtes, à la Cour.

(1) Grand Pontife du Japon, comme on l'a dit plus haut.

Vous n'en pourrez plus douter, dit le voyageur, si vous voulez bien me faire encore l'honneur de m'entendre. Je serai plus bref cette fois.

LE POTEAU.

Après avoir quitté les deux amants Japonois, il ne m'arriva plus rien de remarquable jusqu'aux environs de Jédo, cette grande ville dans laquelle je me proposois de retourner pour jouir de tous les agréments qu'offre son séjour. J'étois même tenté d'y fixer en leur considération ma résidence ; je me faisois un plan de fortune assez honnête, & très-facile à réaliser, par le crédit de mon ami le Directeur & de son singe !

Que le génie qui gouverne tout ici-bas est capricieux, & quel mortel peut dire bien sûrement où il couchera.

J'allois entrer dans les fauxbourgs de la Capitale ; je trouve un poteau nouvellement planté au milieu du grand chemin, avec une inscription qui portoit :

Que tous les êtres qui avoient le don de la parole au Japon, étoient sommés, de par l'Empereur, de déclarer, sous peine de flagellation, s'ils avoient quelque connoissance de ce qu'étoit devenu le ci-devant Directeur du comptoir Hollandois, ainsi que tous ses compagnons proscrits par Sa Majesté Impériale, comme coupables du crime de leze-Grurie au premier chef, & pour être fait d'eux bonne & prompte justice.

Quoique je n'entendisse rien au crime de leze-Grurie, je conclus qu'il n'y auroit pas de sûreté pour moi à entrer dans Jédo : je m'en éloignai vîte & je me rendis à travers champs au premier village voisin où je pris un cheval & un guide pour me conduire à Nangasaki, par le chemin le plus court.

LA GRUE.

COMME j'approchois de cette ville, je rencontrai le Directeur avec sa suite, courant à toute bride : il me cria de le suivre; dès que je l'eus atteint je lui témoignai une grande joie de le revoir & un grand empressement d'apprendre pourquoi l'on nous avoit tous si sévérement condamnés. Il me dit que c'étoit à cause d'une Grue, & il ajouta :

Vous savez dans quel degré de faveur, vous m'avez laissé en partant de Jédo ; je ne voyois rien dans l'Empire au-dessus de mes prétentions ; un matin, dès le point du jour, je ramenois mon singe du quartier de la Favorite, par la petite porte de communication, lorsqu'il vient à passer une Grue, qui avoit son temple à quelque distance de là. Vous n'ignorez pas combien les singes sont malins ; le mien qui étoit en outre très-fort, ramasse une pierre & la jette à la Grue, laquelle marchoit fort paisiblement. Elle tomba étourdie du coup ; puis se relevant avec effort, elle s'en alla en ſe traînant. Je tremblai des ſuites que pouvoit avoir cette aventure; car tout le monde ſait que l'Empereur a une dévotion fort tendre pour les Grues.

En effet, voilà le ſouverain Pontiſe & le grand Ecuyer de la Grue, qui d'après des perquiſitions ſur l'attentat commis envers ſa ſainteté, demandent à l'Empereur une audience ſecrette; elle leur est accordée ſur le champ ; ils exposent le délit, racontent l'origine des fréquentations du ſinge chez la Favorite, rejettent tout le tort ſur moi, & enfin, pour faire triompher plus ſûrement leur éloquence, ils introduisent la Grue elle-même gisante ſur un brancard, & réduite à un état déplorable.

A cette vue l'indignation du Prince fut extrême ; ſa colere étoit en général d'autant plus vive qu'elle ne duroit pas longtemps ; c'est pourquoi le grand Pontiſe & le grand Écuyer ſe hâterent de la mettre à profit. Ils obtinrent un décret de mort contre nous, & ne s'épargnerent pas pour le mettre à exécution. Mais j'avois été prévenu à temps de leurs démarches, & voilà pourquoi nous galopons vers Nangaſaki, d'où je vais tout de ſuite m'embarquer pour retourner en Europe. Je vous conseille d'en faire autant.

Ainſi parla le Directeur, & je ſuivis ſon conseil.

Voilà un terrible événement, dit l'Ebahi, mais, comment s'en trouverent & la Favorite & votre Compagnie des Indes ?

La Favorite, répondit M. Wurtzheim, dit à l'Empereur qu'elle auroit donné toutes ſes bagues, pour qu'on m'eût attrapé & qu'on eût pu faire de moi un exemple mémorable. Elle fit bâtir une Pagode à la Grue, au lieu même où cet oiseau avoit été blessé par le ſinge, qu'elle y fit nourrir ſecrettement dans un ſouterrein.

Quant à la Compagnie des Indes, elle s'assembla extraordinairement pour aviser à la conservation d'un de ſes précieux comptoirs : On débita de belles harangues, où l'on parloit beaucoup du droit de nature, du droit des gens, du droit politique & du droit civil, de la puissance législative & exécutrice, de la concordance entre l'intérêt public & l'intérêt privé, d'où il résulta qu'on envoya une députation à l'Empereur Japonois, pour lui faire des excuses de tout ce qui s'étoit passé & pour faire des ſoumissions au grand Pontiſe & au grand Écuyer, qui voulurent bien accorder un ſigne de protection : au moyen de quoi les Hollandois rentrerent en grace, & tout va présentement à merveille.

Mon Dieu, dit l'Ébahi, comme tout s'arrange! c'est toujours ce que j'admire en beaucoup d'occasions qui ſemblent d'abord un chaos inextricable de difficultés. Mais vous, M. Thincker, qu'est-ce que vous nous direz de tout cela, car vous n'avez pas desserré les dents depuis une heure? Quel est votre avis ſur le culte, le gouvernement & les usages du Japon. Aimeriez-vous à vivre dans ce pays-là?

Pourquoi non? répondit le taciturne Anglois : dans tout ce que je viens d'entendre, je ne vois rien qui ne ſe trouve partout où il y a des ſociétés d'hommes ; car de tout temps on y a vu des fripons & des dupes ; des oppresseurs & des opprimés.

Vous êtes bien laconique, reprit l'Ébahi, mais enfin n'approuvez-vous pas la Jurisprudence Japonnoise, qui paroît ſimple & expéditive, ſuivant quelques traits que nous venons d'apprendre. N'est-il pas vrai, M. Wurtzheim?

WURTZHEIM.

Oh ! rien n'est plus expéditif que la justice au Japon ; c'est comme en Turquie, où l'on distribue à volonté des coups de latte sous la plante des pieds à une des parties qui sont en litige, si mieux on n'aime la faire empaler.

L'ÉBAHI.

Ah ! très-bien cela ; c'est ce qu'il faut, avant tout que l'expédition, en fait de justice : point de formalités, point de procédures, ni de toutes ces sottises qui perdent le temps. Quand on plaide, il y a toujours quelqu'un qui a tort : si c'est celui qui est condamné, tant mieux ; si c'est l'innocent, eh bien, pourquoi plaidoit-il ; sur-tout si c'étoit contre un plus fort que lui ; il n'avoit qu'à se tenir tranquille, il n'avoit qu'à céder.

Oh ! le bon pays que la Turquie, on y boit du sorbet admirable, on y renferme sous clef une troupe de jolies femmes qui sont trop heureuses qu'un homme veuille bien quelquefois faire attention à elles, & l'on n'y voit point tant de Conseillers du Sultan qui veuillent lui donner des conseils, ni toutes ces hautes & basses Juridictions, qui ne ſont compoſées que d'éplucheurs ; on va au fait ; on y va droit & roide ; c'est-là ſavoir ſe conduire ; je ſuis sûr que vous direz comme moi, M. Thincker.

THINCKER.

Pas tout-à-fait ; c'est ſelon les pays, ſelon les diverses modifications des gouvernemens, d'où résulte l'esprit des peuples qu'il est bien important de connoître. Mais je ne discuterai point cette question : Vous n'aimez pas l'Auteur qui l'a le mieux traitée ; d'ailleurs, vous n'avez jamais besoin qu'on vous prouve une proposition ; je vais donc vous conter une petite histoire.

LES ÉPINES.

J'AI connu dans le comté de Kent, auprès de la terre que j'y possede, un Lord qui étoit le meilleur des humains, & qui avoit épousé une Demoiselle de qualité, belle, ſpirituelle, aimable autant qu'il est possible de l'être; ce qui faisoit que j'allois ſouvent chez ces voisins, boire du punch, & chasser le renard; car Mylord avoit un fort bon équipage qu'il exerçoit ſouvent.

Myladi, telle que je viens de vous la faire connoître, avoit d'abord charmé tous ſes vassaux; pour plaire à qui que ce fut, elle n'avoit qu'à vouloir : mais il y eut des zélés qui lui firent entendre qu'elle ne devoit pas s'en donner la peine, & que, lorsqu'on étoit grande Dame, & ſur-tout belle, il ne falloit ſonger qu'à ſoi.

Le cœur de Myladi résista d'abord à ces insinuations; mais les zélés revinrent ſi ſouvent à la charge, qu'ils prévalurent. En conséquence elle donna carriere à ſes fantaisies.

fantaisies. Elle aimoit passionnément les confitures de toutes ſortes ; elle en fit une telle conſommation, que ce fut bientôt un grand embarras, que d'en trouver assez pour ſatisfaire ſon goût. Les gens d'affaires de Mylord n'y pouvoient ſuffire ; on en changea fréquemment, & ce n'étoit pas toujours pour rencontrer mieux. Il n'y avoit ſorte d'expédients qu'on n'eût imaginés pour hâter la végétation dans ſa marche, & devancer le tems de la récolte ; on n'attendoit pas même la maturité ; on enlevoit les fruits encore verds pour les confire à l'eau de vie.

Quelques jardiniers représenterent que cela faisoit un tort essentiel aux vergers de Mylord, attendu que, pour avoir les fruits trop jeunes, on cassoit les branches auxquelles ils tenoient fortement ; qu'ainsi l'on dépouilloit les plus beaux arbres d'une parure ſouvent nécessaire à leur conservation.

On chassa bien vîte ces jardiniers remontrants; mais comme au fond ils disoient vrai, on fut obligé de ſe modérer un peu, & les gaules cesserent quelque tems de battre avec la même violence.

Myladi ſe promenoit quelquefois ſeule

dans ſes jardins ; un jour elle apperçut des fruits d'assez belle apparence dans un clos dont elle étoit ſéparée par une haie d'épines noires, hautes & touffues, qui entouroit, de très-ancienne date, le terrein ſeigneurial. Voilà ma charmante voisine qui travaille tant qu'elle peut à écarter les obstacles ; elle cherche à ſe faire jour avec ſes ciseaux, mais en vain ; elle eût pu, en prenant un circuit, passer par les portes du jardin, & demander ce qu'il lui plaiſoit, comme elle avoit déja fait tant de fois ; à la vérité il auroit fallu ſonner pour ſe faire ouvrir ces portes, & employer du monde à ſervir ſa volonté, qui eût peut-être renouvellé les représentations ; tout cela la gênoit & l'ennuyoit ; elle aima mieux s'obstiner à tâcher de couler ſa main au travers des épines, qui la piquerent : aussitôt elle jura leur perte dans un moment d'impatience.

Que n'avoit-il ſoufflé un vent officieux, pour plier à propos ces branches malencontreuses ! mais non ; elles ne furent agitées que par les mouvements inquiets de quelques jeunes moineaux & d'un geai très-renommé dès auparavant pour ſon babil. Les uns piailloient, & l'autre cria ſur un ton ſi haut & ſi aigre que cela impatienta encore davantage Myladi; car elle avoit l'oreille juste & le goût fort délicat.

Elle rentre chez elle & mande le principal Intendant de Mylord : je ne peux plus souffrir, lui dit-elle, cette vilaine haie d'épines qui borne si tristement la vue, & qui est un repaire d'oiseaux bêtes, dont les cris détestables m'étourdissent; voilà qui est entendu; faites un projet motivé, comme il faut, pour la détruire.

L'Intendant se retira fort joyeux intérieurement (1); car il n'avoit jamais aimé les épines, & il travailloit dès long-tems à leur destruction.

Peu de jours après, il vint chez Mylord où étoit Myladi, apportant par écrit le fruit des recherches qu'il avoit fait faire, & les idées qu'il avoit compulsées, mais qui étoient fort bien rédigées. Il exposa en beaux termes :

Comme quoi les épines ayant été plantées par les auteurs de Mylord, avoient toujours pu être transplantées ou coupées par leurs successeurs;

(1) Nous n'osons pas dire que cet adverbe soit un pléonasme, parce qu'on sait que les apparences sont souvent trompeuses dans les plus honnêtes gens.

Comme quoi ces épines avoient prodigieusement démérité, pour avoir gêné, ou même égratigné les ancêtres de Mylord & lui-même, quand leurs Seigneuries avoient voulu aller toujours droit devant eux, ſans s'arrêter ;

Comme quoi enfin cette haie antique & ſombre déparoit beaucoup un lieu qu'on avoit fort rajeuni ;

Il observa en outre qu'il ne croissoit rien ſous ce fâcheux ombrage, & que cela ne ſervoit absolument qu'à loger des corbeaux & tous oiseaux de mauvaise augure qui attristoient les yeux & offensoient fréquemment les oreilles ; cela toucha Mylord ; il avoit d'abord hésité ; il finit par dire ;

Faites comme vous l'entendrez ; toujours pour le bien.

A l'instant on commande des bûcherons qui viennent avec leurs outils tranchants abattre ces vieux halliers pour la plus grande partie : on voulut bien en laisser quelques touffes, afin de contenter certaines gens qui, ne voyant plus du tout de limites au Domaine ſeigneurial, auroient enfin pu craindre qu'il ne s'étendît bientôt fort loin.

Cependant on s'apperçut de quelques inconvénients, quoiqu'on n'en eût soupçonnés aucuns avant l'abatis. Cette enceinte par tout hérissé de piquants, retenoit les lapins & autres animaux nuisibles qui vinrent, dès qu'elle n'exista plus, exercer, à leur gré, toute sorte de dévastations : on dit, nous les tuerons à coups de fusil ; mais cela ne pouvoit se faire que de jour.

Des vassaux, devenus entreprenants, oserent eux-mêmes commettre du dégat dans les jardins de Mylord ; on dit, nous n'avons qu'à y établir des loges de dogues qu'on promenera, nuit & jour, successivement enchainés, pour les lâcher à propos ; mais d'abord ceux-ci devinrent plus difficiles à conduire, quand ils s'apperçurent qu'on en avoit besoin pour autre chose que ce qu'ils avoient toujours dû faire ; ensuite, tandis qu'ils veilloient dans les jardins, la basse-cour étoit déserte ou mal gardée, & des voleurs y entrerent ; on dit, il faut doubler le nombre de dogues ; puis on dit, mais avec quoi les nourrir ? enfin on dit, faisons un fossé : on voulut creuser le contour du jardin ; mais on trouva un terrein mouvant qui engloutit les premiers travailleurs.

Alors on ne fut pas bien précisément ce que l'on avoit à faire. On m'en parla un jour; je n'avois jamais rien opposé au projet de l'intendant, parce que c'eût été, jusques-là, chose inutile; mais je dis pour lors;

Conservez bien ce qui vous reste d'épines, & replantez-en vîte où elles manquent. Sachez à l'avenir les émonder partout où elles gêneront ſans utilité; mais n'oubliez jamais, belle Myladi, ajoutai-je en m'adressant à la maîtresse du lieu, que les épines ne furent pas, ſans raison, placées par la nature, près de cette fleur vermeille qui est votre image.

FIN.

www.ingramcontent.com/pod-product-compliance
Ingram Content Group UK Ltd.
Pitfield, Milton Keynes, MK11 3LW, UK
UKHW020342180726
13839UKWH00002B/863

9 782329 576565